U0058703
威利在哪裡？這本書屬於：
嘿！威利迷們，這五個勇敢的旅行家出現在每一幅場景裡。你能找到他們嗎？
奧德
白鬍子巫師
溫達
汪汪
威利
在每一幅場景裡，這些旅行家還掉了一些重要的東西，你也能找出它們嗎？
威利的鑰匙
汪汪的骨頭
溫達的照相機
白鬍子巫師的神祕卷軸
奧德的望遠鏡

WHERE'S WALLY?

Copyright © 1987 – 2016 Martin Handford
Traditional Chinese copyright © 2016 by
CommonWealth Education Media and Publishing Co., Ltd.
Published by arrangement with Walker Books Ltd, 87 Vauxhall Walk, London SE11 5HJ
Through Bardon-Chinese Media Agency. All rights reserved.
No part of this book may be reproduced, transmitted, broadcast or stored in an information retrieval system in any form or by any means, graphic, electronic or mechanical, including photocopying, taping and recording, without prior written permission from the publisher.

獻給 威利

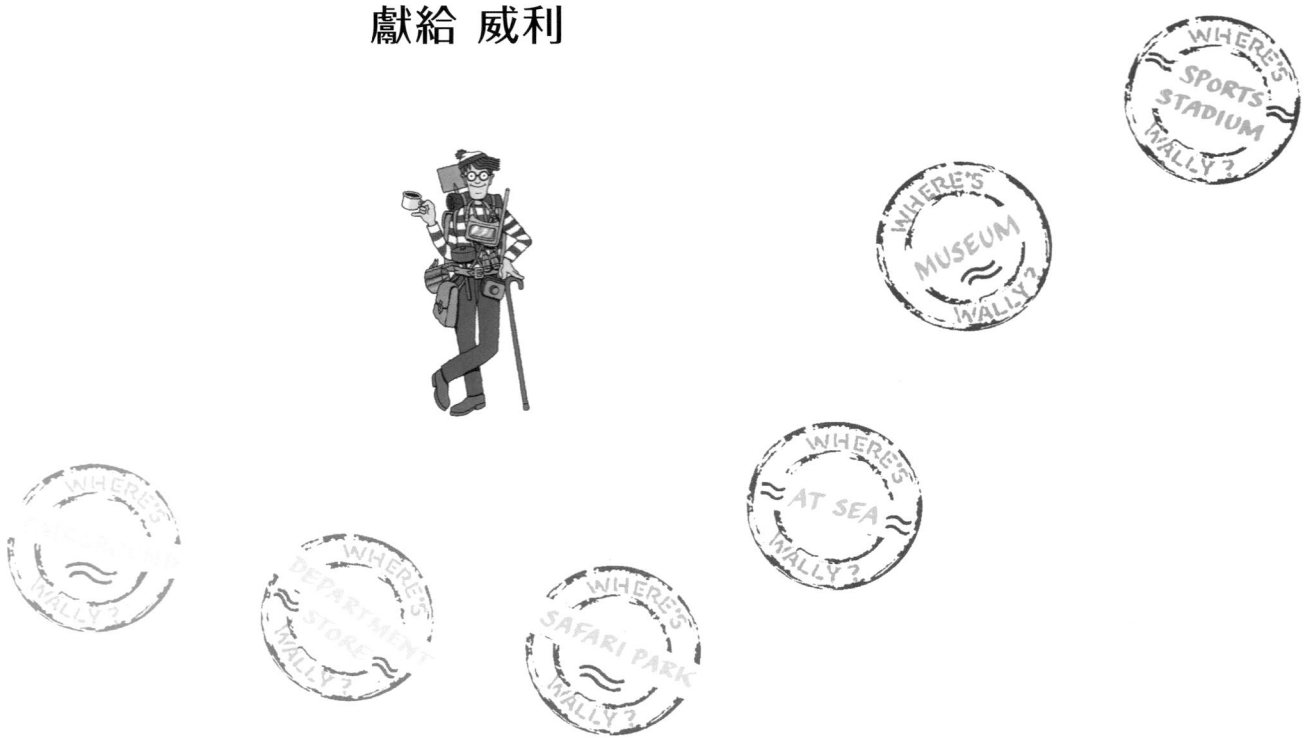

威利在哪裡？

文・圖｜馬丁・韓福特 Martin Handford
譯者｜黃筱茵、劉嘉路
責任編輯｜熊君君　美術設計｜蕭雅慧　行銷企劃｜魏君蓉、高嘉吟

天下雜誌創辦人｜殷允芃　董事長兼執行長｜何琦瑜
媒體暨產品事業群
總經理｜游玉雪　副總經理｜林彥傑　總編輯｜林欣靜　副總監｜蔡忠琦　版權主任｜何晨瑋、黃微真

出版者｜親子天下股份有限公司　地址｜台北市 104 建國北路一段 96 號 4 樓
電話｜(02) 2509-2800　傳真｜(02) 2509-2462　網址｜ www.parenting.com.tw
讀者服務專線｜(02) 2662-0332　傳真｜(02) 2662-6048
客服信箱｜ parenting@cw.com.tw　週一～週五：09:00~17:30
法律顧問｜台英國際商務法律事務所・羅明通律師
總經銷｜大和圖書有限公司　電話｜(02) 8990-2588

出版日期｜2014 年 10 月第一版第一次印行
2024 年 7 月第二版第十次印行
定價｜350 元　書號｜BKKTA030P　ISBN｜978-986-93179-2-4（平裝）

訂購服務
親子天下 Shopping｜shopping.parenting.com.tw　海外・大量訂購｜parenting@cw.com.tw
書香花園｜台北市建國北路二段 6 巷 11 號　電話｜(02) 2506-1635
劃撥帳號｜50331356 親子天下股份有限公司

立即購買 >
親子天下 Education · Parenting · Family Lifestyle　親子天下 Shopping
親子天下 有聲故事書

WHERE'S WALLY?
威利在哪裡？

馬丁·韓福特 著
Martin Handford

黃筱茵、劉嘉路 譯

嗨，朋友們！

我叫威利。我正準備出發，展開一場徒步環遊世界的旅行。你們也可以一起來唷！只需要找到我在哪裡就行了。

我帶齊了所有需要的裝備——手杖、水壺、木槌、杯子、背包、睡袋、望遠鏡、照相機、潛水鏡、皮帶、腰包和鏟子。

不過，我不是獨自一個人去旅行。我還有許多夥伴，你也找得到他們嗎？你得找出小狗汪汪（但是你只看得見牠的尾巴而已）、溫達、白鬍子巫師和奧德。然後，找出二十五個穿著打扮和我很像的威利迷，每一個威利迷都只會在我的旅程中出現一次。還有一個神祕的夥伴，在每一幅場景裡都會出現，你找得到他（她）嗎？另外，我的鑰匙、汪汪的骨頭、溫達的照相機、白鬍子巫師的神祕卷軸，還有奧德的望遠鏡，你也都找到了嗎？

哇！尋找大冒險開始了！

你們好，威利迷們！
今天的海灘好熱鬧啊！
我看見一個女孩把冰淇淋砸
到她弟弟的臉上，還看見一座
沙堡裡，竟然有一個全副武裝
的鐵甲武士！
真是太奇妙啦！
威利
海灘
WHERE'S
ON THE BEACH
WALLY?
這裡、那裡，
和世界各地
威利的跟班們　收

嗨呼～威利的好朋友們！
今天經過滑雪場時，
我看見一些很有趣的事情！
有一個滑雪者送花給他的女朋友、
有一個人把船錨扛在肩膀上，
還有人一路從山坡上滾下來，
滾成一顆超級大雪球！
哇，真是不可思議！
威利
上天遁地、
無所不在
威利的好朋友們　收
WHERE'S
SKI SLOPES
WALLY?

醒來囉，威利迷們！
你們曾經在運河裡看過美人魚嗎？
或是戴著印地安羽毛頭飾的狗呢？
你看過有人一腳踢飛的足球，
竟然可以穿破一輛露營車嗎？
今天，我全都看到了。
真是太令人驚奇了！
威利
WHERE
CAMP SITE
WALLY?
南極之北境、
西極之東境，
和遍布全球的
威利迷們　收
露營場

嗚——嗚——尋找威利的偵探們！
我好喜歡火車站，你們也是吧？
今天發生了很多事：有一群母牛從
火車裡逃了出來；有一個男人躺在
鐵軌上呼呼大睡；還有好幾隻小狗
闖了一堆禍。
場面真是亂哄哄！
威利
WHERE'S WALLY?
RAILWAY STATION
橫渡汪洋大海、
前往道路的盡頭，
瘋狂尋找威利的偵探們　收
火車站

我又來了，威利的親朋好友們！
今天早上，機場發生了一些很奇怪的事情：有一架直升機撞斷了好幾根旗桿；有一個走私犯被抓了，他竟然在鬍子底下藏了好多隻手錶；還有一群大象正要搭乘巨無霸噴射客機。
你們說，奇怪不奇怪！
威利
躲在地毯底下、床鋪底下，還有所有東西底下的威利的親朋好友們　收
機場
WHERE'S WALLY?
AIRPORT

WHERE'S WALLY?
SPORTS STADIUM
各就各位，威利隊選手們！
盛大的運動會開始了，場面好混亂啊。
看看那個裁判，竟然被標槍釘在草地
上；那個撐竿跳選手，連長竿都折斷
了；快看！那還有一個腿特別長的跳
高選手，真奇妙耶！
很久很久以前、
來自過去世界
和未來世界的
威利隊選手們 收
威利
運動場

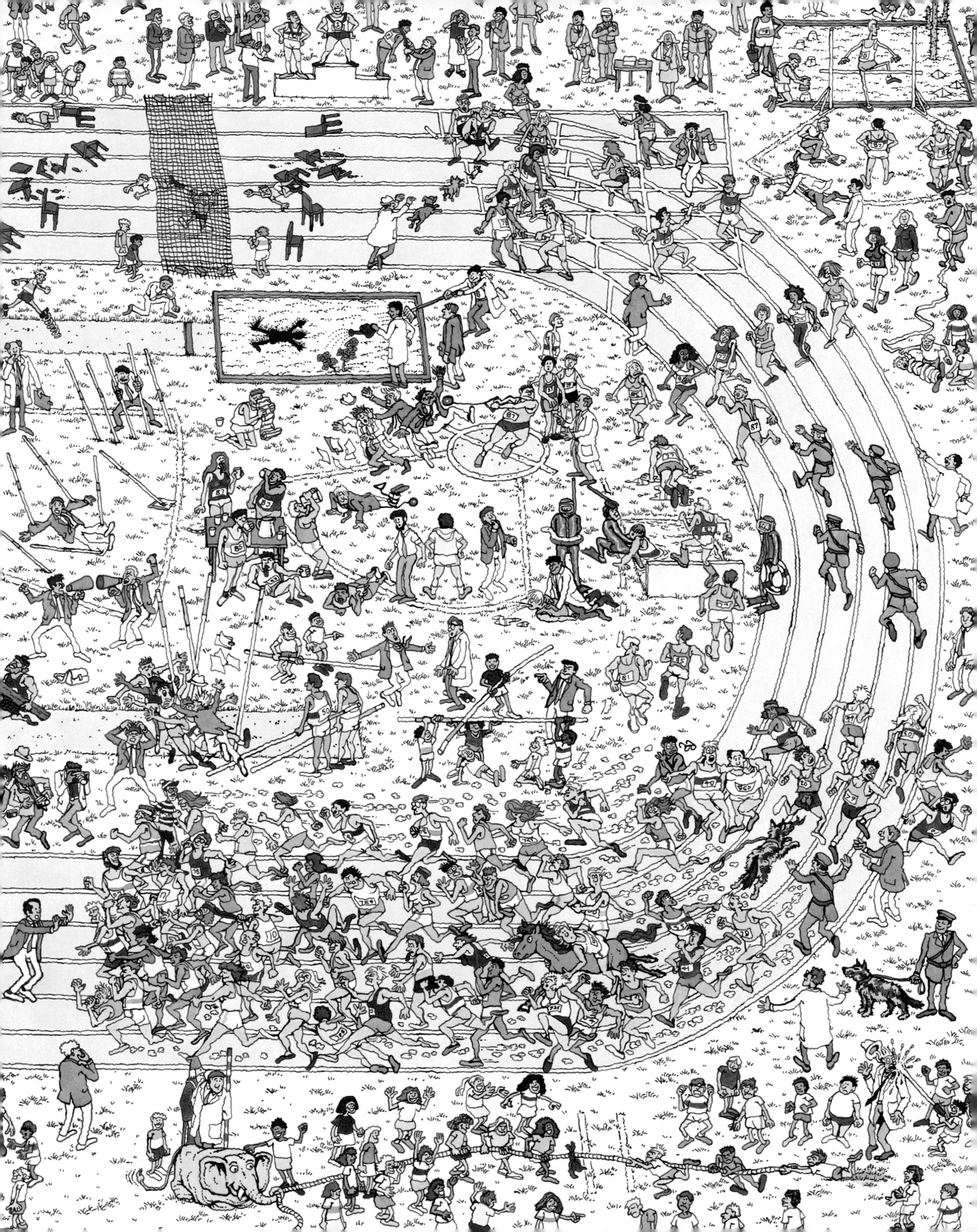

嘿，威利偵探們，你們好！
你們都知道的，我非常喜歡參觀博物館，這裡可以學到許多新東西，真是太棒了！
今天，我看到小孩拿著羽毛搔著鎖在刑枷上的男人的腳趾；學到如何從投石機上拋出石頭；以及如何駕馭雙輪戰車。這次的收穫很豐富呢！
威利
博物館
WHERE'S WALLY?
MUSEUM
在學校裡讀書
讀得頭很痛的
威利偵探們　收

啟航囉！「威利號」水手們！
嘿嘿，告訴你們，我在海上看到很多有趣的奇景喔！有一張漂浮在海面上的龍蝦床、一座快要沉沒的小島，游泳池裡還驚現鯊魚！不過，我只有一個問題：你們找得到我嗎？
哈哈！
威利
從排水管順流而下，
沿小溪逆流而上的
「威利號」水手們　收
海上
WHERE'S
AT SEA
WALLY

小心，尋找威利的獵人們！
沒騙你，我真的非常喜歡動物。
我喜歡那隻盯著鬧鐘的河馬、正在
梳理鬃毛的獅子、吃帽子的長頸
鹿，和戴著太陽眼鏡的貓頭鷹。
這裡有好多動物，真是太棒啦！
威利
在野外叢林
尋找威利的獵人們 收
野生動物園
WHERE'S WALLY?
SAFARI PARK

歡迎光臨，尋找威利的觀察家們！
今天，我看到許多令人印象深刻的
事情：很多陳列桿和展示桌上擺滿
各種色彩鮮豔的物品；有些業務員
展示商品時出了狀況；還看到一個
男人直接脫下衣服放進洗衣機，好
檢查洗衣機有沒有問題。
哇，讓我大開眼界呢！
威利
百貨公司
WHERE'S WALLY?
DEPARTMENT STORE
此刻正在月亮上
以及西部荒野
尋找威利的觀察家們 收

快來吧，尋找威利的玩家們！
我身上所有的裝備都掉了。在每個我去過的地方，都各掉了一樣東西，現在你得回頭去找出它們。
另外，在二十五個穿著打扮和我很像的威利迷中，其中一個人弄丟了帽子上的小絨球。你可以找出是哪個人嗎？也幫他找回遺失的小絨球吧。

威利

了不起，了不起！
回到起點，重新開始
尋找威利的玩家們　收

威利在哪裡？尋找任務

這裡還有上百個東西，等你找出來喔！

鎮　上

- 屋頂上的狗
- 噴泉上的男人
- 快被狗鍊絆倒的人
- 一場車禍
- 身手俐落的理髮師
- 在街上看電視的人們
- 被箭刺穿的輪胎
- 令人感到悲傷的曲調
- 被植物攻擊的男孩
- 不專心的服務生
- 2 個互相揮手的消防隊員
- 1 張貼在牆上的臉
- 從下水道鑽出來的人
- 1 個在餵鳥的人
- 1 隻準備吃三明治的鳥

滑雪場

- 在屋頂上閱讀的人
- 飛起來的滑雪者
- 完全停不下來的滑雪者
- 倒著滑的滑雪者
- 畫在雪地上的人像
- 在禁釣區釣魚的人
- 5 個戴條紋圍巾的滑雪者
- 雪即將落到 2 個在大笑的人身上
- 3 個撞上樹的滑雪者
- 阿爾卑斯長號角
- 2 根斷裂的旗桿
- 蒐集旗子的人
- 4 個穿著黃色連帽外套的人
- 掛在樹上的滑雪者
- 在雪地上滑水的人
- 喜馬拉雅山雪人
- 2 頭在滑雪的馴鹿
- 衝上屋頂的人
- 1 個滑雪者撞上 5 個滑雪者

火車站

- 4 把鏟子和 5 把鍬
- 被狗絆倒的人
- 載著 5 個行李箱的手推車
- 被門撞倒的人們
- 快要踩到球的人
- 指針指向不同時間的 3 個時鐘
- 1 輛單輪的嬰兒車
- 畫在火車上的 1 張臉
- 5 個人看同 1 份報紙
- 1 個怎麼都提不起行李的人
- 輕易舉起 1 件行李箱來炫耀力氣的人
- 2 個繫著紅白條紋領帶的人
- 冒著煙的火車
- 好幾個人擠在 1 張長椅上
- 被狗咬破長褲的人
- 坐在行李箱上的人
- 2 個爆開、東西全飛出來的行李
- 20 頭牛
- 壞掉的秤重機

海　灘

- 1 隻狗和牠的主人都戴著太陽眼鏡
- 穿太多衣服的人
- 健美先生冠軍
- 滑水的人
- 被別人踩到身體而生氣的人
- 穿著條紋衣服拍照的人
- 被刺破的充氣床
- 喜歡吃冰淇淋的驢子
- 被壓扁的人
- 被刺破的海灘球
- 疊羅漢
- 3 個在讀報紙的人
- 1 台收音機
- 牛仔
- 被當成驢子騎的人
- 老人與美女
- 2 把紅黃色相間的遮陽傘
- 有 3 個人站在一起，2 個穿著背心，另 1 個沒穿
- 1 個紅色氣墊床
- 愛現的人和他的大沙堡
- 1 個穿吊帶褲的人
- 奶油色的小狗
- 3 根伸出來的舌頭
- 2 頂奇怪的帽子
- 2 頂有超長帽舌的帽子
- 5 個比賽短跑的人
- 有破洞的浴巾
- 被刺破的氣墊船
- 吃不到冰淇淋的男孩

露營場

- 用樹籬剪成的公牛
- 長出「喇叭角」的公牛
- 運河裡的鯊魚
- 準備衝向紅色目標的公牛
- 不小心踢穿露營車的足球
- 倒在大腿上的熱茶
- 1 座矮橋
- 1 個被木槌槌倒的人
- 有人正在換衣服，不小心被別人看到了
- 快被刺破的腳踏車輪胎
- 6 隻小狗
- 嚇不跑小鳥的稻草人
- 1 頂印第安帳篷
- 一群有肌肉的人
- 1 頂倒塌的帳篷
- 冒煙的烤肉爐
- 釣到舊靴子的人
- 前輪大後輪小的老式自行車
- 生火的男童軍
- 穿著溜冰鞋健行的人
- 1 個在吹救生艇的人
- 露營者的管家
- 一群在路上跑步的人
- 1 頭公牛緊追著 2 個人
- 3 個留長鬍鬚的露營客
- 口渴的健行者們

機　場

- 飛碟
- 坐在行李轉台上的男孩
- 1 輛消防車和 10 個消防員
- 漏油的燃料管
- 打羽毛球的飛航管制員
- 火箭
- 機場塔台頂端的中古世紀塔樓
- 3 個手錶走私犯
- 1 個在飛機上面休息的機場工作人員
- 舉起叉子的起重車
- 裝滿風的襪子
- 1 個帶著水桶和鏟子的人
- 長翅膀的飛機
- 王牌飛行員
- 吸血鬼
- 5 個人在幫熱氣球灌氣
- 飛機跑道上的跑者們
- 6 個穿著淺藍色制服的女空服員
- 1 架有巨大尾翼的飛機
- 2 個戴白帽的乘客
- 1 枝筆和紙張
- 3 個幼稚的駕駛員
- 18 個戴著黃色帽子的機場工作人員

運動場

- 從沙子裡鑽出來的 3 雙腳
- 鳴槍開賽的牛仔
- 毫無勝算的跨欄選手們
- 參加兩人三腳比賽的 10 個小孩
- 拋擲唱片的擲鐵餅選手
- 用鉛球耍把戲的人
- 喇叭助聽器
- 被當作跳箱的馬
- 騎腳踏車的賽跑選手
- 使用降落傘的撐竿跳選手
- 用木棒撐竿跳的蘇格蘭人
- 在拔河的大象
- 被鏈球打倒的人們
- 1 個園丁
- 3 個蛙人
- 沒穿上衣和短褲的跑者
- 1 張床
- 纏著繃帶的男孩
- 有 4 隻腳的賽跑選手
- 陷進沙坑裡的跳遠選手
- 2 個帶條紋浴巾的運動員
- 裁判追著狗、狗追著貓、貓追著老鼠
- 用水槍噴水的男孩

海　上

- 玩風帆的人
- 被箭射破的橡皮艇
- 用劍和箭魚打鬥的人
- 鯨魚家族
- 暈船的水手們
- 衣服漏水的潛水員
- 撞上浮筒而沉沒的船
- 浴缸
- 留著鬍子又戴著太陽眼鏡的人
- 井字遊戲
- 幸運的漁夫
- 3 個伐木工人
- 倒楣的漁夫
- 2 個纏在一起的滑水者
- 一群偷魚賊
- 騎著海馬的牛仔
- 幫魚拍照的人
- 被章魚纏住的人
- 登上大船的海盜
- 中式帆船
- 在海裡揮手打招呼的人

百貨公司

- 踩到球的購物者
- 坐在推車裡的紅衣小孩
- 靴子穿反的男人
- 買了太多東西的人
- 搗蛋的吸塵器
- 和打領帶的人體型相配的領帶
- 復活的危險手套
- 試穿太大件西裝的人
- 撞上購物者的嬰兒推車
- 穿著紅色連帽短夾克的女孩
- 坐在購物車裡的男孩
- 1 個試戴大禮帽的男孩

遊樂園

- 步槍射擊區前的大砲
- 逃跑的碰碰車
- 10 個彩色套圈圈
- 獨臂的蒙面大盜
- 布娃娃
- 12 個穿著制服的遊樂園工作人員
- 逃跑的旋轉木馬
- 鬼屋
- 7 個迷路的小孩和 1 隻小狗
- 2 輛相撞的坦克車
- 6 隻鳥
- 3 個小丑
- 3 個裝扮得像熊的人

博物館

- 巨大的骨架
- 噴水的小丑
- 坐在投石器上的男孩
- 女人頭上的鳥巢
- 騎著馬的強盜
- 爆開的肌肉
- 圓形畫框的肖像畫
- 看電視的騎士
- 一群偷畫的賊
- 1 排要倒下來的壺
- 漏水的水彩畫
- 2 幅畫在打架
- 國王和皇后
- 1 幅畫裡沒禮貌的人
- 3 個原始人
- 繫著紅色絲巾的女人
- 駕駛古代戰車的人
- 快要倒塌的柱子

野生動物園

- 諾亞方舟
- 瓶中信
- 刷牙的河馬
- 鹿角上的鳥巢
- 餓壞的長頸鹿
- 冰淇淋強盜
- 2 頭正在跨越斑馬線的斑馬
- 聖誕老公公和 1 頭滿足的馴鹿
- 3 隻貓頭鷹
- 獨角獸
- 被關在籠子裡的人
- 開車的獅子
- 熊爸爸、熊媽媽和小熊
- 泰山
- 一群小獅子
- 2 個帶著紅色手提包的女人
- 2 間廁所前面排了 2 排隊伍
- 動物美容院
- 噴水的大象

哇！你的眼力真好！

你有找到威利、他的夥伴們，
和所有他們掉的東西了嗎？
在其中一幅場景裡，威利和奧德都弄丟望遠鏡了
（奧德的望遠鏡是離他最近的那一副），
你們知道是哪一幅場景嗎？
你找到在每幅場景裡都會出現的神祕夥伴了嗎？
如果還沒找到，繼續努力吧！哇，真好玩！